nickelodeon

Dora la exploradora

Dora salva el Bosque Encantado

P9-AQI-553

adaptado por Sheila Sweeny Higginson
historia basada en el guión "Dora salva al Rey Unicornio"
escrita por Valerie Walsh Valdes
ilustrado por Victoria Miller

¡Asegúrate de ir a la última página para que veas la actividad que puedes compartir con tus amigos!

Basado en la serie de televisión *Dora la exploradora*™ que se presenta en Nick Jr.™

SIMON & SCHUSTER LIBROS PARA NIÑOS/NICKELODEON
Publicado bajo el sello editorial de la División Infantil de Simon & Schuster
Nueva York Londres Toronto Syndey
1230 Avenue of the Americas, New York, New York 10020
Primera edición en lengua española, 2011
Publicado originalmente en inglés en 2011 con el título *Dora Saves the Enchanted Forest* por Simon Spotlight, bajo el sello editorial de la División Infantil de Simon & Schuster. Traducción de Daynali Flores-Rodriguez
Para obtener información respecto a descuentos especiales en ventas al por mayor, diríjase a Simon & Schuster Special Sales al 1-866-506-1949 o a la siguiente dirección electrónica: business@simonandschuster.com.
Fabricado en los Estados Unidos 0711 LAK
10 9 8 7 6 5 4 3 2 1 ISBN 978-1-4424-3140-9

En este libro aprenderás a . . .

  **LEER con nosotros**

 **MOVERTE con nosotros**

  **COMPARTIR Y PREOCUPARTE POR OTROS con nosotros**

 **DESCUBRIR con nosotros**

 **CREAR con nosotros**

 **EXPLORAR con nosotros**

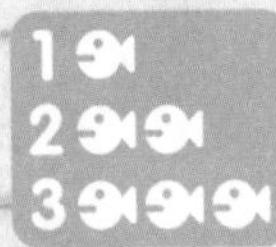 **CONTAR con nosotros**

 **Hacer MUSICA con nosotros**

¡Hola! Soy Moose y él es Zee. ¡Qué alegría nos da que hayas escogido este libro hoy! ¡Sabemos que te encantará descubrir lo que pasa en esta historia!

El Bosque Encantado es un lugar especial
donde todos viven alegres y en libertad.
Pero cuando Lechuza comienza a usar la corona real
todos en el bosque sospechan que algo anda mal.
Unicornio es del bosque el rey verdadero
pero necesita que Dora lo ayude primero.
Puedes ayudar a que el rey recupere su gloria.
¿Que cómo lo haces? ¡Lee la historia!

¡Ve a la última página del libro para encontrar una actividad que puedes hacer y compartir con tus amigos!

Había una vez una tierra mágica llamada el Bosque Encantado, y el rey Unicornio, que era bueno y justo, reinaba el bosque. Todas las criaturas allí eran libres de ser lo que quisieran: las abejas podían cantar, los perritos podían aprender a volar y los robles podían jugar al escondite.

Pero un infeliz día, todo cambió. El rey Unicornio tenía que irse del Bosque Encantado. El buen y justo rey cedió su corona a Lechuza y le pidió proteger el reino. Pero Lechuza no era bueno y justo como Unicornio. Lechuza creó nuevas leyes. Él mandó que las abejas no pudieran cantar y que los perritos no pudieran aprender a volar.

Cuando Unicornio regresó, Lechuza no quiso devolver la corona. ¡El muy mentiroso le tendió una trampa a Unicornio! Lechuza ordenó a sus lechucitas a romper la represa y el rey Unicornio tuvo que usar su cuerno mágico para tapar el agujero. Si Unicornio se movía de donde estaba, el Bosque Encantado se inundaría. De esta forma, Lechuza se encargó de que todas las criaturas del bosque siguieran sus leyes injustas.

Las criaturas del Bosque Encantado no estaban contentas con las reglas de Lechuza. Todas ellas querían que Unicornio fuera el rey, no Lechuza. Ellos sabían que sólo una persona sería capaz de ayudarlos. ¡Dora!

Conejo se fue del bosque a buscarla. Saltó a través del Túnel de las Hadas. Saltó más allá del Jardín de los Duendes. Saltó y cruzó el maizal. Conejo encontró a Dora y a Boots saltando entre las hojas alrededor de la casa de Dora.

"Dora, Boots, come quick!" les dijo Conejo a sus amigos. "Sé que si vienen conmigo podrán salvar al Bosque Encantado. ¡Tenemos que rescatar a Unicornio para que pueda ser nuestro rey otra vez!"

"Debemos encontrar el camino más rápido hacia el Bosque Encantado", exclamó Dora. "¡Map puede ayudarnos!"

Dora y Boots se dirigieron hacia el sendero para llegar al Maizal. Allí vieron un espantapájaros posado en una vara.

"*Hi* Espantapájaros!" le dijo Dora. "¿Podemos atravesar el Maizal, *please*?"

"¡Tenemos que rescatar al Rey Unicornio!" añadió Boots.

Antes de que Espantapájaros pudiera responder, Lechuza voló cerca.

Él no quería que Dora ayudara a Unicornio. ¡Él quería ser rey por siempre y ordenó a las lechucitas a que recogieran montones y montones de maíz! De esa forma Dora y Boots no podrían llegar al Bosque Encantado.

¿Ves a alguien que pueda ayudarnos a sacar el maíz del medio?

Espantapájaros estaba muy contento de poder ayudar a Dora y a Boots a limpiar el camino.

"Lechuza dictó una nueva ley", Espantapájaros les contó. "Los espantapájaros y los cuervos ya no pueden volver al Bosque Encantado".

"¡Eso no es justo!" exclamaron Dora y Boots.

Dora observó mientras Espantapájaros espantaba cuatro cuervos tratando de recoger maíz de un montón.

"Si en vez de espantar los cuervos les pedimos que bajen y nos acompañen, quizás podrían limpiar el camino", le dijo a Espantapájaros.

"Muy bien, lo intentaré", exclamó Espantapájaros, y procedió a invitar a los cuervos: "*Welcome friends!* Así se dice '¡Bienvenidos, amigos!' en inglés".

El plan de Dora funcionó. Los cuervos recogieron todo el maíz y limpiaron el camino para que Dora y Boots pudieran dirigirse a su próxima parada: ¡El Jardín de los Duendes!

"Let's go Boots!" exclamó Dora. "¡Vámonos!"

Dora y Boots corrieron hacia el Jardín de los Duendes. Antes de poder cruzar el puente que llevaba al jardín, Lechuza voló por allí. Él no quería que Dora ayudara a Unicornio. ¡Él quería ser rey por siempre y le pidió a las lechucitas que quitaran los tornillos del puente! Dora y Boots no podrían llegar al Bosque Encantado.

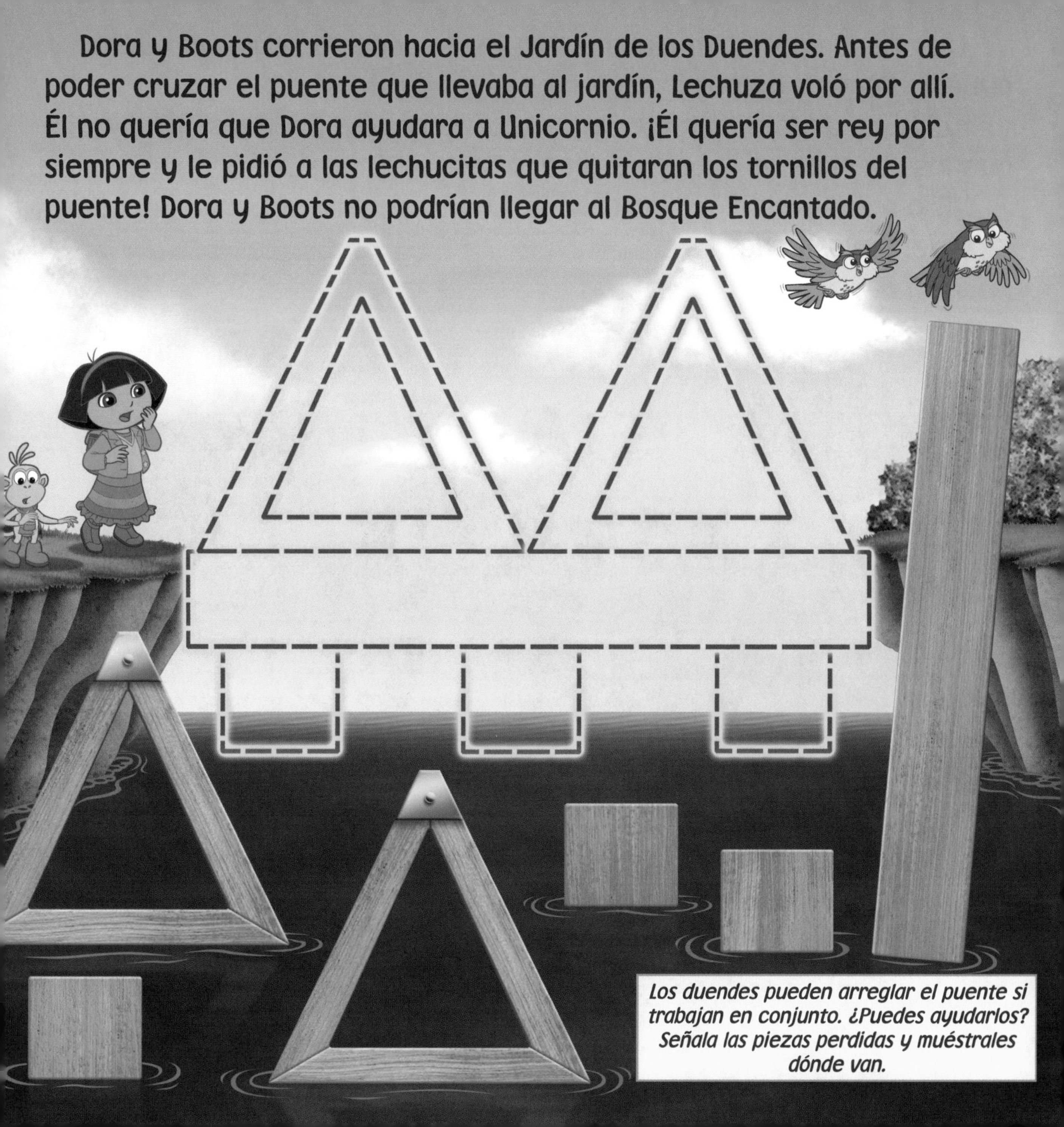

Los duendes pueden arreglar el puente si trabajan en conjunto. ¿Puedes ayudarlos? Señala las piezas perdidas y muéstrales dónde van.

Los duendes estaban muy contentos de poder arreglar el puente y ayudar a Dora y a Boots.

"Lechuza dictó una nueva ley", le contaron los duendes. "Él dijo que los duendes no pueden volver al Bosque Encantado".

"¡Eso no es justo!" exclamaron Dora y Boots mientras corrían hacia el Túnel de las Hadas.

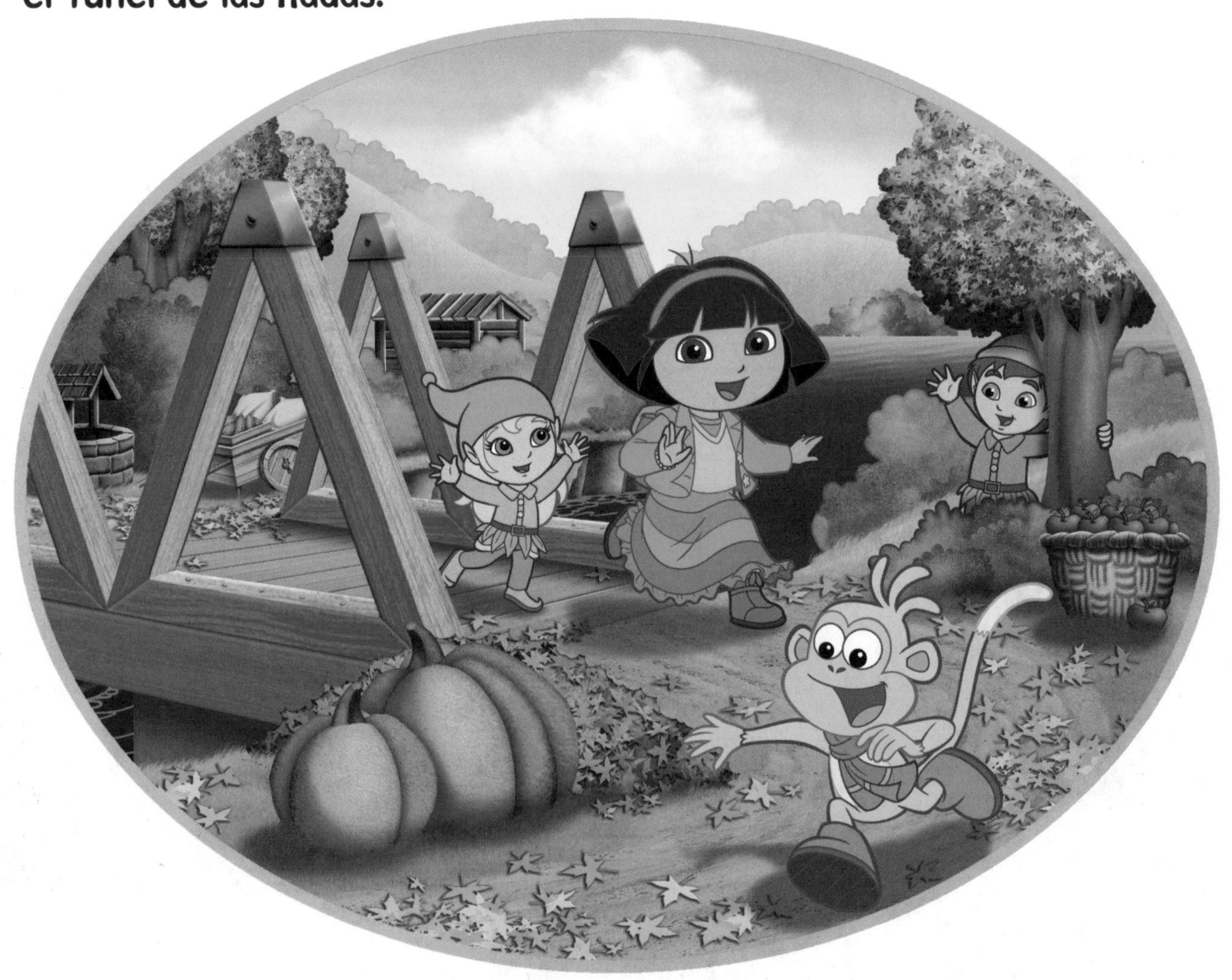

Más adelante, las hadas luciérnagas relucían alrededor de un lote de girasoles. Ellas recogían la luz de las flores para lograr que sus colas resplandecieran. Dora sabía que las hadas podían usar su luz para mostrarle el camino a través del túnel oscuro.

Antes de llegar al túnel, Lechuza voló por allí. Él no quería que Dora ayudara a Unicornio. ¡Él quería ser rey por siempre y pidió a las lechucitas que apagaran las luces de las hadas! Dora y Boots no podrían llegar al Bosque Encantado.

La Pequeña Hada todavía tiene luz. ¿Puedes hacerla brillar más? ¡Frota tus manos para crear más luz!

Las hadas estaban muy contentas de poder ayudar a Dora y a Boots a cruzar el túnel.

"Lechuza dictó una nueva ley", las hadas. "Él dijo que las hadas no pueden volver al bosque encantado".

"¡Eso no es justo!" exclamaron Dora y Boots mientras se dirigían al Bosque Encantado.

Dora y Boots estaban listos para rescatar al Rey unicornio. Habían cruzado el Maizal, pasado el Jardín de los Duendes y atravesado el Túnel de las Hadas. Sólo les quedaba una cosa por hacer. Debían abrir la puerta mágica que conducía al Bosque Encantado.

¿Puedes recitar en voz alta las palabras mágicas que abren la puerta? Magic Door! Eso significa "puerta mágica". Di: "Magic door!"

Después de atravesar la puerta mágica, Dora y Boots se pusieron muy tristes al observar lo mucho que había cambiado el Bosque Encantado. No había cuervos en el bosque. No había duendes en el bosque. No había hadas en el bosque. Lechuza le había prohibido hasta a las ardillas la entrada al Bosque Encantado.

Conejo llegó saltando a donde estaban Dora y Boots.

"Yo los llevaré hasta Unicornio; rápido", dijo en un susurro. "Él está protegiendo al bosque con su cuerno".

"¡Tenemos que ayudarlo!" afirmó Dora mientras seguía a Conejo.

Pero antes de llegar a la represa, Lechuza voló por allí. Él no quería que Dora ayudara a Unicornio. ¡Él quería ser rey por siempre y pidió a las lechucitas que hicieran más agujeros! Dora y Boots también tendrían que quedarse y tapar los agujeros en la represa.

Dora observó al buen y justo Unicornio. Él era tan valiente y leal. No sólo era un gran líder, sino también un gran amigo.

"¡Mis buenos amigos, *that's it*!" exclamó Dora. "Hicimos muchos amigos hoy. Tal vez puedan ayudarnos una vez más".

Dora y Boots pensaron en todos los amigos que conocieron en su camino hacia el Bosque Encantado. Los duendes eran muy buenos arreglando cosas, así que Dora mandó a Conejo a buscarlos.

"¡Dile a los duendes que traigan sus herramientas!" le dijo a Conejo mientras éste saltaba. "*Quick!*"

Rápidos como un relámpago, los duendes regresaron con sus herramientas. Estaban ansiosos de arreglar la represa para que Unicornio pudiera regresar al Bosque Encantado.

Después de arreglar la represa, los nuevos amigos quisieron regresar al Bosque Encantado y recuperar la corona de Unicornio.

Al ver a Dora y a Unicornio juntos, Lechuza trató de prohibir la entrada de Unicornios, niños y monos en el Bosque Encantado. Lechuza creía que sólo así podría seguir siendo el rey, pero estaba muy equivocado.

Las criaturas del bosque querían que Lechuza se fuera de allí, pero eso tampoco era justo.

"El Bosque Encantado es para todos!" exclamó Unicornio, y añadió: "Lechuza, eres muy inteligente pero tienes que aprender a llevarte bien con los demás. Por eso, quiero que nos hagas un favor a todos."

Queridos padres,

Esperamos que tus hijos hayan disfrutado la aventura encantada de Dora. Para continuar la historia, conversa con tus hijos. Les puedes preguntar cuál de todos los personajes en el Bosque Encantado es su favorito y por qué. O que te digan por qué Unicornio es mejor rey que Lechuza.

Este libro es también un buen punto de partida para hablar con tus hijos acerca de la importancia de compartir y de ayudar a otros. Recuérdales a tus hijos que cuando Dora no podía hacer algo ella sola, sus amigos del Bosque Encantado la ayudaban. Es importante compartir y ayudar a nuestros amigos todos los días. A continuación te ofrecemos una actividad que tus hijos disfrutarán en compañía de sus amigos.

¡Imagina y Dibuja!

1. Da a tu hija y a su mejor amiga papel cartulina y lápices de colores.

2. Dile a cada una que dibujen algo que les guste hacer con su mejor amiga. Puedes ayudarlas hablando de cosas que disfruten juntas, como practicar deportes, ir al cine, correr en bicicleta, etc. No les dejes ver el dibujo de la otra antes de que hayan terminado.

3. Al terminar hazles intercambiar sus dibujos. A tu hija le encantará compartir el dibujo que hizo con su amiga y recibir el dibujo que su amiga dibujó especialmente para ella.

De tus amigos en Nickolodeon
y Simon Spotlight